Miss Monde
des sorcières

Responsable de la collection : Frédérique Guillard
Direction artistique : Bernard Girodroux, Claire Rébillard, Laurence Moinot

© Éditions Nathan (Paris-France), 1997.

CLAIR ARTHUR

Miss Monde
des sorcières

Illustrations de Jean-François Martin

NATHAN

un

Un concours exceptionnel

La nouvelle n'avait fait qu'une traînée de poudre. Un grand concours allait être organisé afin d'élire Miss Monde des Sorcières.

– Qu'est-ce que c'est encore que cette histoire ?

Germaine Chaudeveine n'en croyait pas ses vieilles lunettes. Elle relut le fax dans tous les sens.

– Miss Monde des Sorcières ! Un attrape-pigeonnes, oui, s'exclama Germaine Chaudeveine. Ce n'est pas moi qui pointerais mon balai dans un cinéma comme ça.

– On verra, lança, évasif, son corbeau vautré dans le sofa.

– Ta boîte, toi, vieille patate déplumée !

Partout, aux quatre coins du monde, la nouvelle reçut à peu près le même accueil.

Au Groenland, la sorcière des Glaces groenmela :

– Il ferait chaud que je participe à un tel carnaval !

À Moscou, la sorcière de la Tocquée du Dôme, une noble, revissa sa tête, qu'elle était en train de se faire nettoyer, et dit :

– Niet, drrois ffois niet : niet, niet, niet !

Au plus profond de l'Afrique, la sorcière Boubourose s'esclaffa :

– Y rigolent, on n'est pas des boubous-guignols...

Alors qu'en Chine, la sorcière de la Grande Muraille s'excusa dans des mots pincés :

– S'i vous plaît, non, merci beaucoup, pardon, merci, non.

À Blairac, dans le Cognac, Germaine Chaudeveine ajouta :

– Que le crétin qui a eu cette idée se transforme en citrouille !

Foi de Dame Malice, juré, craché, bave de crapaud, aucune sorcière ne participerait à cet étalage de potiches.

Le grand jour du concours arriva. Pas une sorcière... ne manquait à l'appel.

Elles étaient toutes là, pomponnées,

endimanchées, certaines perchées sur d'extraordinaires talons aiguilles, d'autres coiffées d'invraisemblables frisettes, d'autres encore prisonnières de gaines, de corsets, leurs jambes biscornues enveloppées de bas résille en pure toile d'araignée.

Elles riaient comme des sottes. Elles se chamaillaient. Elles se bousculaient pour inscrire leurs noms sur la liste des concurrentes. Elles se pinçaient les os des fesses. Elles se jetaient à la figure des sorts qui avaient très mauvaise haleine.

L'immense Palais des Congrès, où avait lieu le concours, tremblait d'un brouhaha indescriptible.

Pendant ce temps, à des milliers de kilomètres de là, quelque part en

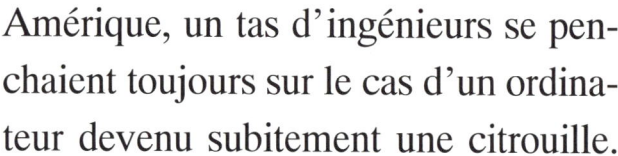

Amérique, un tas d'ingénieurs se penchaient toujours sur le cas d'un ordinateur devenu subitement une citrouille.

Les savants américains en avaient perdu leur latin. Ils s'arrachaient les cheveux, puis les idées, les unes après les autres.

Les corbeaux et les crapauds, qui accompagnaient les sorcières, s'étaient tous retrouvés au bar du Palais des Congrès.

Ils trinquaient. Ils se tapaient dans le dos. Chacun à leur tour, ils racontaient des histoires drôles qui les faisaient crachoter de rire.

Les crapauds sautaient dans les verres de sirop d'ortie des corbeaux. Et les corbeaux piétinaient les burgers-mouches des crapauds. Bref, ils s'amusaient.

Quand, soudain, les haut-parleurs réclamèrent le silence.

deux

Les extravagances de ces dames

Un personnage, qui n'était qu'une bouche, apparut. Il prononça un beau mais lourd discours, fait de mots en sucre, d'adjectifs en miel et d'éloges en pâte de fruits.

Les sorcières croquaient ses paroles. Elles étaient toutes séduites car c'était une très belle bouche. Il déclara le concours ouvert.

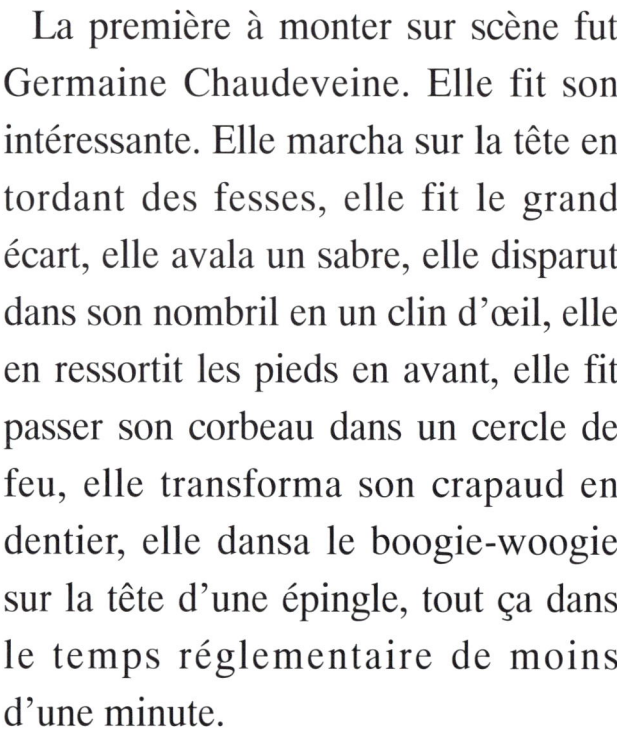

La première à monter sur scène fut Germaine Chaudeveine. Elle fit son intéressante. Elle marcha sur la tête en tordant des fesses, elle fit le grand écart, elle avala un sabre, elle disparut dans son nombril en un clin d'œil, elle en ressortit les pieds en avant, elle fit passer son corbeau dans un cercle de feu, elle transforma son crapaud en dentier, elle dansa le boogie-woogie sur la tête d'une épingle, tout ça dans le temps réglementaire de moins d'une minute.

Germaine Chaudeveine regagna sa place sous les huées et les railleries de ses consœurs sorcières, ce qui dénotait, là, leur manque absolu de sportivité.

Son corbeau, qui empestait le cochon brûlé, déclara :

– Complètement cinoque, l'ancêtre,

j'y ai laissé des plumes. Un peu plus, j'étais rôti comme un poulet !

Le crapaud, devenu dentier, faisait les cent sauts sur la scène et répétait :
– Eh ! Oh ! Clac, clac ! Et moi ?

Tour à tour, les sorcières se présentaient sur l'estrade.

Télé Mondio, qui avait vendu son âme pour retransmettre l'événement en direct, ne savait plus où donner de la caméra.

La sorcière Boubourose, qui, pour l'occasion, avait enfilé un maillot de bain dernier cri en peau de verre de terre, se fit femme-boa, femme fatale, femme à trois têtes, femme-objet, femme portant une culotte de fer, femme-modèle, femme-top, femme-type, puis termina en pomme d'amour.

La sorcière de la Tocquée du Dôme arriva en haillons de fils d'or. Tous les trois pas, sa tenue changeait. Elle devenait une robe de soirée cousue de serpillières perlées, un petit tailleur printanier boulonné de diamants, une toge faite de la toute première lumière du temps, un justaucorps serti de cheveux d'ange, le boléro d'une étoile filante... Toutes ces créations portaient les signatures des plus grands couturiers.

Dans le public, les sorcières étaient déchaînées. Elles hurlaient des mots-casse-figure :

– Peau de banane ! Beurrée mémée ! Tranche d'huile ! Face de verglas ! Claudia Chiffon !

Elles sifflaient entre leurs doigts. Elles faisaient des croche-pieds, des pieds de nez, des nez d'honneur à celles ou ceux qui les regardaient. À coups de formules magiques, elles changeaient la couleur de peau des uns et des autres.

Les corbeaux et les crapauds n'en croyaient pas leurs yeux, ni leurs oreilles, devant un tel charivari. Ils disaient :

– Non, non, alors là, elles poussent... Ce n'est pas possible, ce doit être le diable lui-même qui a organisé cette élection...

Les sorcières avaient aussi bien ri quand la femme de ménage du Palais des Congrès, toute petite, toute fluette, avait voulu ramasser le crapaud transformé en dentier, qui sautillait de long en large.

trois

Un jugement hontœuf

En fin d'après-midi, tout ce que la planète comptait de sorcières avait défilé sur le podium.

Le Palais des Congrès avait été transformé en iceberg, en pyramide, en nid de diplodocus, en marais poitevin...

Même la plus âgée des sorcières, une Mandchoue – on la disait aussi vieille que le monde –, avait tenu à faire son numéro et à se montrer sous son plus beau jour.

Ce fut la seule à obtenir un franc succès, à cause de son âge, il faut bien le dire, car son numéro de trapèze volant, avec un aigle royal, parut bien ordinaire.

Quand la dernière concurrente se fut présentée, la salle retrouva un peu de calme.

Les sorcières attendaient le verdict. Un tableau lumineux géant s'éclaira et afficha : « Résultat dans 35 min. »

Trente-cinq minutes ! Jamais les sorcières ne pourraient attendre aussi longtemps. Elles avaient bien trop envie de connaître le palmarès du concours.

Pour les faire patienter, le personnage qui n'était qu'une bouche réapparut sur scène.

Les sorcières ne l'écoutaient pas, il parlait avec des mots bien trop salés. Sa bouche était devenue difforme. Il

employait des verbes piquants et tartinait ses phrases de reproches. Il n'avait pas apprécié que les sorcières mènent une telle sarabande dans le Palais des Congrès. Mais il parlait dans le vide, car les sorcières trépignaient sur place. Elles détestaient attendre. Elles regardaient l'avenir dans leurs boules de cristal. Elles faisaient des réussites. Elles rongeaient leurs ongles crochus. Elles avalaient des gâteries. Elles buvaient des bols de café.

Les corbeaux et les crapauds, pêle-mêle, ronflaient sur les tabourets du bar du Palais des Congrès.

Télé Mondio diffusait de la publicité, en veux-tu, en voilà.

Les sorcières, la bouche pleine, affirmaient :

– Oh ! moi, je me moque bien du résultat...

– Oh ! moi aussi...

– Oh ! et moi donc, comme de mon premier balai...

– L'important est de participer, si, si, oui, oui, merci, ajouta la sorcière de la Grande Muraille.

Germaine Chaudeveine, pour la centième fois, déclara :

– Moi, je m'en vais...

Elle s'étira, et elle bâilla. Un énorme bâillement, qui résonna comme un cri de Tarzan. Au même moment, à des kilomètres de là, quelque part en Amérique, une citrouille, comme par miracle, redevint un ordinateur. Les savants, autour, en tombèrent à la renverse.

Immédiatement, au Palais des Congrès, le nom de la gagnante s'afficha sur le tableau électronique : Mademoiselle Filoche.

Les sorcières rajustèrent leurs lunettes. Qui était cette mademoiselle Filoche ? Personne ne la connaissait. Il n'existait aucune Dame Malice portant ce nom.

Les sorcières se mirent à huer le tableau d'affichage. Elles lui tirèrent la langue. Elles lui tendirent leurs fesses. Elles lui lancèrent des mots pourris :

– Tomate ! Scandalœufs ! Hontœufs !

Le tableau d'affichage disjoncta.

– Non, non, si c'est pas malheureux, faire tant de kilomètres pour voir ça...

Le refrain était le même sur toutes les bouches.

– Je vous l'avais bien dit, pestait Germaine Chaudeveine. Un attrape-pigeonnes...

quatre

Miss Filoche

Quand soudain, une toute petite voix, mais toute petite, perça le tumulte des protestations.

D'ailleurs, comment une si petite voix arrivait-elle à se faire entendre ?

– Euh... Mademoiselle Filoche, c'est moi.

Toutes les têtes, sans exception, celles des sorcières, des spectateurs, des téléspectateurs, des corbeaux, des crapauds, des mouches dans les burgers-mouches, se tournèrent vers la porte du fond du Palais des Congrès, dans laquelle se découpait une frêle silhouette.

— Oui, je suis Germaine Filoche...

— Oh ! Germaine ! Comme moi... s'exclama, attendrie, Germaine Chaudeveine.

— Je ne suis pas une sorcière, je suis la femme de ménage du Palais des Congrès !

— Une femme de ménage, Miss Monde des Sorcières ! Alors celle-là, c'est la meilleure...

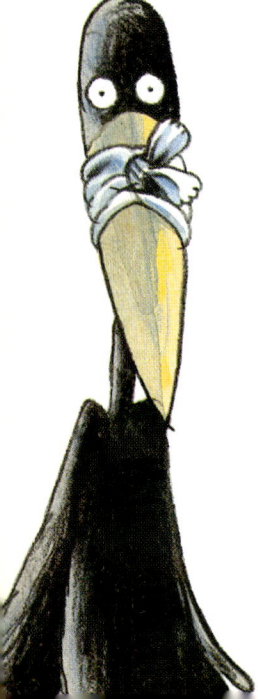

Les sorcières en riaient aux larmes. Ce jugement, malgré tout, leur convenait, car aucune d'entre elles ne pouvait être jalouse d'une femme de ménage...

Même si elles avaient été bernées,

elles reconnurent avoir passé une agréable journée.

Elles avaient renoué des contacts, échangé des fiches-cuisine, papoté à loisir, elles qui, d'habitude, vivaient comme des ermites.

Avant de se quitter, elles jurèrent de se revoir plus souvent. Chacune d'elles acheta, encore, un tee-shirt souvenir de la rencontre.

Les corbeaux et les crapauds se racontèrent une dernière blague poilante.

Puis, dans un concert de klaxons, en un coup de balai, les sorcières repartirent aux quatre coins du monde.

Germaine Chaudeveine fit un dernier tour au-dessus du Palais des Congrès. Elle pensa tout haut :

– Cette petite Germaine Filoche est de

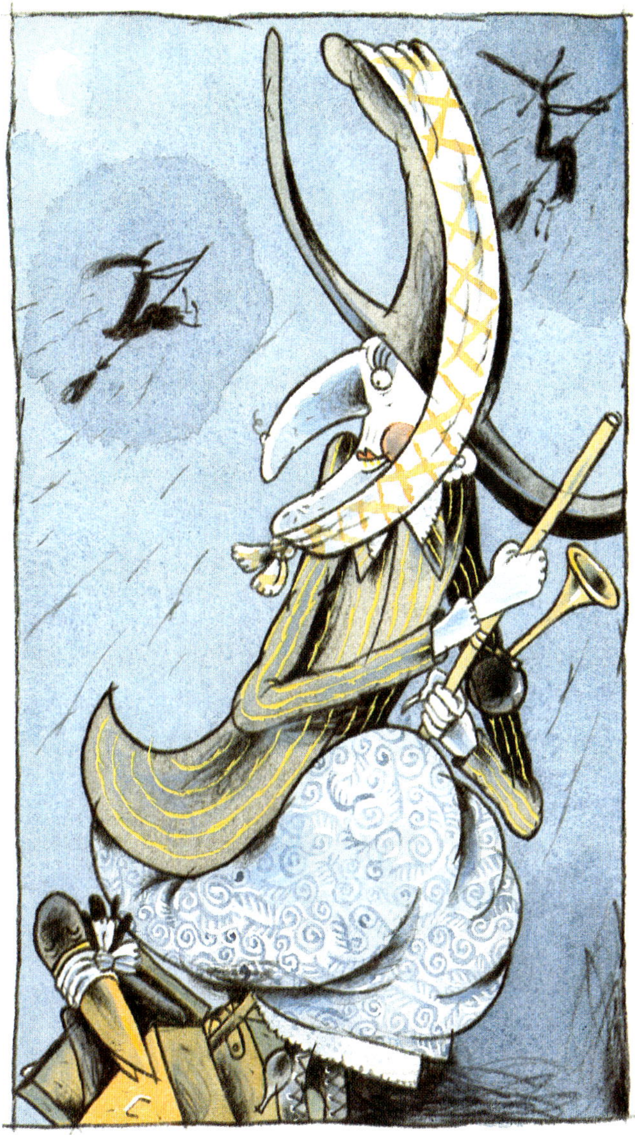

la graine de sorcière. Si je m'en occupais un peu... Qu'en penses-tu, vieille patate déplumée ? demanda-t-elle à son corbeau qui, soûlé de sirop aux orties, roupillait dans une sacoche de son balai.

– Hmmmuuu, fit l'oiseau, qui avait la tête lourde, mais lourde...

clac clac
clac

TABLE DES MATIÈRES

un

Un concours exceptionnel...........7

deux

Les extravagances de ces dames...15

trois

Un jugement hontœuf 23

quatre

Miss Filoche 33

Clair Arthur

Il vit dans les Vosges avec sa famille. *Miss Monde des sorcières* est son quatrième livre ; il écrit aussi beaucoup pour le théâtre. Qui sait si Germaine Chaudeveine ne montera pas un jour sur scène ?

Jean-François Martin

Retrouvez Germaine Chaudeveine dans le premier volume de ses aventures : *Parfum de sorcière.*

Dans la même collection

Michel Amelin
Le fils du pirate

**Le masque d'or
et de sang**

Clair Arthur
Parfum de sorcière

**Miss Monde
des sorcières**

Robert Boudet
**L'extraordinaire
aventure de M. Potiron**

Yves-Marie Clément
Roy et le koubilichi

Jean-Loup Craipeau
**Le kangourou
d'Ooz**

Pascal Garnier
**Dico
dingo**

**Zoé
zappe**

Christian Grenier
**Le château
des enfants gris**

Thierry Lenain
**L'amour
hérisson**

Michel Piquemal
**L'appel
du Miaou-Miaou**

Éric Sanvoisin
**Le buveur
d'encre**

**Le nain et
la petite crevette**

Natalie Zimmermann
**Un ange
passe**

Yeux de vipère

N° d'éditeur : 10037824-(I)-(8)-CSBA-170
Dépôt légal : janvier 1997
Impression et reliure : Pollina s. a., 85400 Luçon - n° 71301-A
Conforme à la loi n° 49956 du 16 juillet 1949
sur les publications destinées à la jeunesse
ISBN .2.09.275019-4